ふくしまの里山《さとやま》だより

1　ツリガネニンジン

☆1～5の写真は小白森山
☆短歌は第一章

2　ガクアジサイ

3　山《やま》ねずみ

4　アサギマダラ（何千《なんぜん》キロも旅《たび》する蝶《ちょう》）

5　レンゲショウマ

☆6・8の写真は中山、7は荒海山
☆中山は第十二章、荒海山は第五章

6　ヤナギラン

7　荒海山《あらかいざん》より会津《あいづ》の山脈《やまなみ》

8　中山山頂《なかやまさんちょう》より

地球讃歌集

# 山へ行こう

～山ガール歌を詠む～

田村まちこ Machiko Tamura

文芸社

## はじめに

この本《ほん》を手《て》にしてくださり、ありがとうございます!

私《わたし》はふくしまの少女《しょうじょ》ハイジ。
ペーターや山《やま》ガール達《たち》とたくさん山《やま》に登《のぼ》りました。

私《わたし》は自然豊《しぜんゆた》かなふくしまが大好《だいす》きです。

この本《ほん》は、ふくしまの里山《さとやま》を中心《ちゅうしん》とした山《やま》の歌集《かしゅう》です。
私《わたし》が味《あじ》わった感動《かんどう》を、あなたと分《わ》かち合《あ》えたら、とてもうれしいです。
山《やま》が好《す》きな方《かた》も、そうでない方《かた》も、様々《さまざま》な事情《じじょう》で行《い》きたくても行《い》けない方《かた》も。

さあ、ページをめくって、あなたも山《やま》へ行《い》ってみませんか?

# 目次

# 第一章

# 八月・夏《なつ》の小《こ》白《しろ》森《もり》山《やま》へ

（福島県《ふくしまけん》・1563m）

山《やま》へ行《い》こう　君《きみ》が誘《さそ》ってくれたから　やさしい風《かぜ》が心《こころ》に吹《ふ》いた
行《い》き先《さき》は　内緒《ないしょ》だよって　君《きみ》が言《い》う　ベールの中《なか》の　山《やま》がきらめく
木《こ》もれ日《び》の　やさしい光《ひかり》浴《あ》びながら　はじめましてと　小白森山《こしろもりやま》*
よく来《き》たね　光《ひかり》のシャワー　キラキラと　ブナの木《こ》もれ日《び》　心《こころ》を包《つつ》む

＊うつくしま百名山のひとつ、大白森山（１６４２ｍ）とペアの山。

澄《す》んだ水《みず》　小川《おがわ》越《こ》えれば　苔《こけ》の岩《いわ》　心《こころ》を洗《あら》う　沢《さわ》のせせらぎ

やわらかな　土《つち》のやさしさ　うれしくて　一歩《いっぽ》一歩《いっぽ》を　踏《ふ》みしめて行《い》く

尾根《おね》歩《ある》き　蟻《あり》も遠足《えんそく》　行《い》くのかな　その名《な》もここは　蟻《あり》の戸渡《とわた》り

風吹《かぜふ》けば　山《やま》のメロディー　奏《かな》でるの　すまし顔《がお》した　ツリガネニンジン*

*口絵写真1

どこまでも　広《ひろ》く大《おお》きな　空《そら》の中《なか》　翼広《つばさひろ》げて　飛《と》んで行《ゆ》く鷹《たか》

涼《すず》しさを　分《わ》けてあげると　言《い》うように　尾根《おね》に咲《さ》いてた　ガクアジサイよ*

*口絵写真2

花《はな》や虫《むし》　みんな私《わたし》の　応援団《おうえんだん》　土踏《つちふ》みしめて　めざせ頂《いただき》

危《あぶ》ないと　差《さ》し出《だ》された　手《て》にゆだねる　我《われ》の手《て》我《わ》が身《み》　しあわせ心地《ここち》

腹時計《はらどけい》　正確《せいかく》なのは　いいけれど　静《しず》かな山《やま》と　君《きみ》が聞《き》いてた
頂上《ちょうじょう》で　笑顔満開《えがおまんかい》　うれしくて　頑張《がんば》ったねと　君《きみ》から握手《あくしゅ》
よろこんで　君《きみ》の握手《あくしゅ》に　差《さ》し出《だ》した　我《われ》の右手《みぎて》は　うっかり軍手《ぐんて》
苦《くる》しみを　乗《の》り越《こ》えて今《いま》　V《ブイ》サイン　明日《あす》を夢見《ゆめみ》て　こぼれる笑顔《えがお》

新《あたら》しい　自分《じぶん》になれる　予感《よかん》した　天使《てんし》の羽《はね》の　雲《くも》を見《み》つけて

山《やま》ねずみ*　おなかすかせて　そろそろと　お昼《ひる》を分《わ》けて　と顔《かお》を出《だ》す

*口絵写真3

この空《そら》に　遠《とお》くの山《やま》に　明日《あす》を見《み》た　たなびく雲《くも》が　昨日《きのう》を包《つつ》む

しりもちを　ついてもなぜか　楽《たの》しくて　君《きみ》の背中《せなか》を　追《お》いかけて行《ゆ》く

ひらひらと　アサギマダラ*は　美《うつ》しく　優雅《ゆうが》に舞《ま》うよ　強《つよ》さを秘《ひ》めて
*口絵写真4

崖《がけ》を下《お》り　可憐《かれん》な花《はな》を　撮《と》る君《きみ》の　頼《たの》もし姿《すがた》　心《こころ》に写《うつ》す

清《きよ》らかな　白《しろ》いドレスを　身《み》にまとい　レンゲショウマ*は　山《やま》の妖精《ようじい》
*口絵写真5

# 第二章

# 四月・春《はる》の三春散策《みはるさんさく》へ

（福島県《ふくしまけん》）

風格《ふうかく》の　*明徳門《めいとくもん》を　仰《あお》ぎ見《み》て　歴史語《れきしかた》りぬ　学《まな》び舎《や》ありて

＊三春藩講の表門、現在は移設され三春小学校の門。

白壁《しらかべ》の　古《ふる》き医院《いいん》の　裏庭《うらにわ》に　花畑《はなばたけ》あり　しばし眺《なが》むる

城山《しろやま》の　遠《とお》くに見《み》ゆる　*田村富士《たむらふじ》　見下《みお》ろす里《さと》に　泳《およ》ぐ鯉《こい》のぼり

＊別名片曽根山７１９ｍ。昔、坂上田村麻呂の放った鏑矢がかすめた山と言われている。

笹《ささ》だんご　口《くち》いっぱいに　広《ひろ》がった　草《くさ》のかおりが　心《こころ》も満《み》たす

桜《さくら》舞《ま》い　光《ひかり》と風《かぜ》の花衣《はなごろも》　三春《みはる》の城《しろ》に　愛姫《めごひめ》の面影《かげ》*

*三春城で出生（1568〜1653）。田村家の一粒種、伊達政宗の妻、号は陽徳院、通称は田村御前。

春《はる》の野《の》に　つくし摘《つ》みつつ　乙女《おとめ》らは　背中《せなか》の羽《はね》を　伸《の》ばし遊《あそ》びぬ

田《た》の隅《すみ》に　ひっそりと咲《さ》く　水芭蕉《みずばしょう》　白《しろ》き天使《てんし》の　祈《いの》りにも似《に》て

福聚寺《ふくじゅうじ》*　庭《にわ》でほほえむ　六地蔵《ろくじぞう》　赤《あか》き帽子《ぼうし》も　花《はな》のにぎわい

*臨済宗の寺院、戦国時代の三春城主田村氏の菩提寺。

さくら湖《こ》で　三春《みはる》の母《はは》ら　手作《てづく》りの　ごちそう皆《みな》で　囲《かこ》む幸《さいわ》い

バスを降《お》り　車《くるま》の列《れつ》を　追《お》い越《こ》して　春《はる》の陽《ひ》浴《あ》びて　滝桜《たきざくら》*へと

*三春の滝桜（ベニシダレザクラ）樹齢千年以上、国の天然記念物。

菜《な》の花《はな》の　黄色《きいろ》まぶしく　輝《かがや》いて　桜《さくら》のピンク　大空《おおぞら》の青《あお》

千年《せんねん》の　時越《ときこ》えて尚《なお》　咲《さ》く桜《さくら》　幾多《いくた》の人《ひと》の　心染《こころそ》め行《い》く

駆《か》け足《あし》で　通《とお》り過《す》ぎてく　春《はる》の風《かぜ》　ルーツを探《さぐ》る　旅《たび》は終《お》わりぬ

## 第三章

# 五月・新緑《しんりょく》の宇《う》津《つ》峰《みね》山《さん》と東山《ひがしやま》へ

（福島県《ふくしまけん》・676.9m、779m）

新緑《しんりょく》の　稜線《りょうせん》淡《あわ》く　輝《かがや》いて　目《め》に心地《ここち》よく　心《こころ》も和《なご》む

うぐいすの　歌声《うたごえ》響《ひび》く　山《やま》の道《みち》　口笛《くちぶえ》吹《ふ》いて　返事《へんじ》しようか

山桜《やまざくら》　花《はな》びらひらり　歩《ある》く道《みち》　あのメロディーを　心《こころ》に乗《の》せて

むらさきの　愛《あい》のオーラを　携《たずさ》えて　風《かぜ》に揺《ゆ》れてる　小《ちい》さきすみれ

いにしえの　戦《いくさ》の影《かげ》が　見《み》ゆるよな　宇津峰山《うつみねさん》*に　春《はる》を訪《たず》ねて

＊うつくしま百名山のひとつ、山城跡、国の史跡に指定されている。

たんぽぽの　黄色《きいろ》が　元気《げんき》くれるから　きっと明日《あした》も　歩《ある》いて行《い》ける

山《やま》つつじ　夕焼《ゆうや》け色《いろ》を　身《み》にまとい　若葉《わかば》の山《やま》に　ひときわ映《は》えて

白砂《しらすな》の　岩《いわ》に蟻《あり》と　戯《たわむ》れつつ　天狗《てんぐ》の庭《にわ》に　しばし憩《いこ》わむ

荒廃《こうはい》の　石切小屋《いしきりごや》に　春《はる》の風《かぜ》　運《はこ》んで来《く》るは　白《しろ》き蝶々《ちょうちょう》
息切《いきぎ》れも　負《ま》けじ魂《だましい》　燃《も》え立《た》たせ　鬼《おに》ころがしの　急坂《きゅうはん》を行《い》く
あの山《やま》が　さっき登《のぼ》った　宇津峰《うつみね》と　指差《ゆびさ》す君《きみ》に　青《あお》い風《かぜ》吹《ふ》く
ハンチングハットかぶった　幸運《こううん》の　ひょうたん模様《もよう》の　石灯籠《いしどうろう》

頂上《ちょうじょう》で　ちょうどお昼《ひる》の　東山《ひがしやま》*　宇津峰《うつみね》見《み》つめ　味《あじ》わう至福《しふく》

*採石場の作業所跡、東山飯豊神社がある。

やまぶきの　輝《かがや》く黄色《きいろ》　まぶしくて　疲《つか》れた足《あし》も　思《おも》わず弾《はず》む

# 第四章

## 六月・初夏《しょか》の那須山《なすやま》へ

（栃木県《とちぎけん》・茶臼岳《ちゃうすだけ》　1915m）

遠《とお》くから　いつも見《み》ている
那*《な》須《す》の山《やま》　今日《きょう》は近《ちか》くで　味《あじ》わってみる
＊茶臼岳（1915ｍ）日本百名山のひとつ。成層火山。

ロープウェイ　降《お》りたら風《かぜ》が　吹《ふ》いて来《き》て　スーッとしたよ　気分爽快《きぶんそうかい》

ごつごつの　岩《いわ》にそおっと　手《て》をやれば　ほっとぬくもり　伝《つた》わってくる

くもり空《ぞら》の下《した》でさえも　さわやかにカッコウの声《こえ》　響《ひび》く優雅《ゆうが》さ

桃色《ももいろ》の　小花《こばな》揺《ゆ》らして　イワカガミ　山《やま》に恋《こい》する　心映《こころうつ》して

見上《みあ》げれば　ヒビ割《わ》れの岩《いわ》　複雑《ふくざつ》な線《せん》描《えが》いてる　石《いし》のキャンバス

湯煙《ゆけむり》と　硫黄《いおう》のにおい　立《た》ち込《こ》めて　温泉気分《おんせんきぶん》　ゆったり心地《ごこち》

雨《あめ》が降《ふ》り　黄色《きいろ》のポンチョ着《き》た私《わたし》　ペンギンのよな　ヨチヨチ歩《ある》き

パラパラと　ポンチョを叩《たた》く　雨《あめ》の音《おと》　聴《き》きながら行《い》く　気分《きぶん》はトトロ
ジェット音《おん》　響《ひび》いているよ　岩《いわ》の底《そこ》　地球《ちきゅう》の鼓動《こどう》　生《い》きてるんだね
グチョグチョの　靴《くつ》の中《なか》では　我《われ》の足《あし》　泳《およ》いでいるよ　さかなになって
カミナリに　怯《おび》える我《われ》に　大丈夫《だいじょうぶ》だと言《い》うように　うぐいすが鳴《な》く

フキみその　香《かお》りほのかに　広《ひろ》がって　春《はる》を味《あじ》わう　おべんとタイム

# 第五章

## 七月・夏《なつ》の荒海山《あらかいざん》へ
## 〜海《うみ》の日《ひ》の冒険《ぼうけん》〜

（福島県《ふくしまけん》・1581m）

海《うみ》の日《ひ》に　君《きみ》が選《えら》びし　山《やま》の名《な》は　荒海山《あらかいざん》*と　粋《いき》な計《はか》らい

＊分水嶺。山頂の石碑に「大河の一滴ここより生る」と記されている。

じゃぶじゃぶと　川《かわ》を越《こ》えたり　苔《こけ》むした　岩《いわ》を越《こ》えたり　冒険愉快《ぼうけんゆかい》

背《せ》の高《たか》い　草《くさ》の波間《なみま》に　先《さき》を行《ゆ》く　君《きみ》の背中《せなか》が　見《み》え隠《かく》れして

背丈《せたけ》ほどある草《くさ》の波《なみ》　かき分《わ》けて　進《すす》む荒海《あらかい》　小舟《こぶね》になって

様々《さまざま》な　色《いろ》や形《かたち》の　落《お》ち葉《ば》道《みち》　足《あし》で踏《ふ》む度《たび》　カサコソなる音《ね》

ヤツデの葉《は》　天狗《てんぐ》のうちわ　落《おと》しもの　荒涼《こうりょう》とした　山道途中《やまみちとちゅう》

足元《あしもと》に　赤《あか》いハートの形《かたち》した　葉《は》っぱを見《み》つけ　そっと拾《ひろ》いぬ

荒道《あれみち》に　白《しろ》きクロスの　花天使《はなてんし》　山《やま》の平和《へいわ》を　祈《いの》っておりぬ

木《き》の枝《えだ》を　腰掛《こしか》けにして　小休止《しょうきゅうし》　山《やま》は小鳥《ことり》の　歌声喫茶《うたごえきっさ》

岩登《いわのぼ》り　足《あし》の置場《おきば》に　戸惑《とまど》って　冷汗《ひやあせ》かいた　泣《な》きべそかいた

荒海《あらかい》に　もまれて疲《つか》れ　息切《いきぎ》れて　たどり着《つ》きたい　山《やま》のてっぺん

アメジスト　岩《いわ》のすき間《ま》に　ひっそりと　小人《こびと》のように　並《なら》んでおりぬ

杉木立《すぎこだち》　谷間《たにま》の家《いえ》や　見《み》はるかす　遠《とお》く近《ちか》くに　並《なら》ぶ山脈《やまなみ》*

＊口絵写真7

疲《つか》れ果《は》て　ヨレヨレのV《ブイ》サイン出《だ》し　やっとの笑顔《えがお》で記念写真《きねんしゃしん》

第六章

# 八月・晩夏《ばんか》の谷川岳《たにがわだけ》へ

（群馬県《ぐんまけん》・トマの耳《みみ》　1963m）

車窓《しゃそう》より　谷川岳《たにがわだけ》*を　見上《みあ》げれば　高《たか》くそびえて　ただ眩《まぶ》しくて

*日本百名山のひとつ。トマの耳、オキの耳（１９７７ｍ）の双耳峰。

ペンションの　小部屋《こべや》おとぎの森深《もりふか》く　小人《こびと》の家《いえ》の白雪気分《しらゆききぶん》

谷川《たにがわ》の　ほとり仲間《なかま》と　小石投《こいしな》げ　波打《なみう》つ数《かず》は　ひいふうふたつ

風《かぜ》に揺《ゆ》れ　秋《あき》を手招《てまね》き　ススキの穂《ほ》　遠《とお》く深山《みやま》も　いつか日暮《ひぐ》れて

ロープウェイ　下《した》を流《なが》るる　白滝《しらたき》に　心《こころ》は踊《おど》る　未知《みち》の道《みち》へと

タムラソウ　という花《はな》あることを知《し》る　我《われ》の花《はな》かと　ちょっとすまして

譲《ゆず》り道《みち》　幼《おさな》き姉《あね》が　弟《おとうと》の　手《て》を取《と》る姿《すがた》　遠《とお》き日《ひ》の我《われ》

アジサイも　ナナカマドの実《み》もこぞって　夏《なつ》から秋《あき》へ　バトンは渡《わた》る

ざんげ岩《いわ》の前《まえ》でランチ　ミルク色《いろ》のミストさえも　ごちそうにして
そのどこに　毒《どく》を秘《ひ》めてる　トリカブト　薄紫《うすむらさき》に　優《やさ》しく咲《さ》きて
トマの耳《みみ》　はずかしがりの　オキの耳《みみ》　またおいでよと　霧《きり》に隠《かく》れて
葉《は》の上《うえ》に　いくらのような　赤《あか》い粒《つぶ》　ままごと遊《あそ》び　ランチにしましょ

見《み》下《お》ろせば　天狗《てんぐ》のトマリ場《ば》に誰《だれ》か　腰《こし》に手《て》を当《あ》て　止《と》まっておりぬ

ひそやかに　秋《あき》のメロディー　奏《かな》でてる　道端《みちばた》に咲《さ》く　ツルリンドウよ

# 第七章

## 九月・初秋《しょしゅう》の甲子山《かしやま》へ

（福島県《ふくしまけん》・1549m）

畏《かしこ》みつ　大黒天《だいこくてん》に　手《て》を合《あ》わせ　心守《こころまも》られ　いざ山行《やまゆ》かん

せせらぎの　川《かわ》のほとりに　佇《たたず》んだ　湯小屋見下《ゆごやみお》ろし　足《あし》を進《すす》めん

白滝《しらたき》の　大《だい》カーテンの　しぶき浴《あ》び　心清《こころきよ》めて　甲子《かし》*の山《やま》へと

＊甲子山。うつくしま百名山のひとつ。那須連峰で最も北に位置する山。

ゆっくりと　地面踏《じめんふ》みしめ　行《ゆ》く道《みち》は　石《いし》ころごろろ　どんぐりころろ

四十八《しじゅうはち》　曲《ま》がり曲《ま》がって　山《やま》の道《みち》　国道走《こくどうはし》る　車音響《くるまねひび》く

ブンブンと　我《われ》に近《ちか》づく　蜂《はち》ありて　熊《くま》じゃないよと　鈴《すず》の音《ね》鳴《な》らす

小《ち》さくて　黄色《きいろ》い花《はな》の　きりん草《そう》　たくさん咲《さ》いて　きらきらしてた

深呼吸《しんこきゅう》　山《やま》のバルコニー　猿《さる》が鼻《はな》　あれが赤面《あかづら》*　こちらが須立《すだて》**

＊赤面山（1701m）うつくしま百名山のひとつ。＊＊須立山（1720m）。

この道《みち》を　行《い》けば去年《きょねん》の　小白森《こしろもり》　つながっている　思《おも》い出《で》と今《いま》

いつ倒《たお》れ　真白《ましろ》く朽《く》ちた　大木《たいぼく》の　姿雄々《すがたおお》しく　今《いま》も昔《むかし》も

頂上《ちょうじょう》の　見晴《みは》らし心清々《こころすがすが》し　定信公《さだのぶこう》*に　思《おも》いを馳《は》せて

＊松平定信（１７５８〜１８２９）江戸時代中期の老中。陸奥白河藩主。

久弥《きゅうや》*さん　熊《くま》に出《で》くわし　戻《もど》り道《みち》　秋《あき》のはじめに　その辿《たど》り道《みち》

＊深田久弥（１９０３〜１９７１）作家・登山家。著書に『日本百名山』（新潮社）など。

すげの穂《ほ》の　白《しろ》いふわふわ　その向《む》こう　かすかな秋《あき》の　色帯《いろお》びし甲子《かし》

あじさいに　似《に》た赤《あか》い花《はな》　小《ちい》さくて　名《な》も知《し》らねども　ただ凜《りん》と咲《さ》く

さわやかな　青《あお》い車《くるま》に　揺《ゆ》られつつ　沿道《えんどう》に咲《さ》く　秋桜《コスモス》に笑《え》む

第八章

# 十一月・晩秋《ばんしゅう》の北関東《きたかんとう》へ

(栃木県《とちぎけん》・雲巌寺《うんがんじ》～茨城県《いばらきけん》
月居山《つきおれやま》404m、後山《うしろやま》〈鍋転山《なべころがしやま》〉423m)

真《ま》っ白《しろ》な　朝《あさ》もやの中《なか》　走《はし》ってく　青《あお》い車《くるま》で　風《かぜ》を起《お》こして

沿道《えんどう》の　楓《かえで》や銀杏《いちょう》　赤《あか》　黄色《きいろ》　墨絵《すみえ》のような　遠山《とおやま》に映《は》え

見上《みあ》げれば　*真白《ましろ》き雲《くも》の　巌《いわお》より　そびえし寺《てら》よ　その名《な》のごとし

＊雲巌寺。禅宗の日本四大道場のひとつ。那須与一、水戸光圀公、松尾芭蕉などに縁深い寺。

荘厳《そうごん》な　寺《てら》の庭《にわ》にて　咲《さ》き誇《ほこ》る　薄紅色《うすべにいろ》の　椿《つばき》優《やさ》しく

立冬《りっとう》の　霧《きり》の晴《は》れ間《ま》に　旗揺《はたゆ》れる　リンゴリンゴよ　赤《あか》い恋人《こいびと》
真《ま》っ直《す》ぐな　光《ひかり》と影《かげ》の　杉木立《すぎこだち》　素直《すなお》に強《つよ》く　生《い》きるがよいと
登《のぼ》り道《みち》　ゴーンと鐘《かね》が　鳴《な》り響《ひび》き　心《こころ》にこだま　エールとなって
右《みぎ》　左《ひだり》　リズムを刻《きざ》む　透明《とうめい》なステッキ持《も》った　つもりになって

崖《がけ》の上《うえ》　小春日和《こはるびより》の　空向《そらむ》こう　男体山《なんたいさん》*の　頂《いただき》が呼《よ》ぶ

＊奥久慈男体山（６５３・８ｍ）。高さ３００ｍに及ぶ岩壁がある。

石橋《いしばし》を　そっと歩《ある》いて　先《さき》を行《い》く　君《きみ》に続《つづ》いて　ドキドキ渡《わた》る

こんこんと　岩《いわ》の隙間《すきま》に　湧《わ》き出《い》でる　清水《しみず》ふれれば　心《こころ》を濯《すす》ぐ

薄暗《うすぐら》い　トンネル　少《すこ》し怖《こわ》がりの　私《わたし》は君《きみ》の　ザック掴《つか》んで

舞《ま》い落《お》ちる　木《こ》の葉《は》はらはら　行《い》く秋《あき》の　涙《なみだ》にも見《み》ゆ　スローモーション

立冬《りっとう》の　青空《あおぞら》の下《した》　歩《ある》く道《みち》　黄色《きいろ》ゆずの実《み》　たわわになって

急坂《きゅうはん》の　月居山《つきおれやま》*を　登《のぼ》り下《お》り　城《しろ》ありし日《ひ》を　偲《しの》び見上《みあ》げん

＊日本三名瀑に数えられる袋田の滝の背後にそびえる山。

目《め》をつむり　月居山《つきおれやま》に　昇《のぼ》る月《つき》　描《えが》いておりぬ　心《こころ》さやけき

第九章

# 二月・雪《ゆき》の箱根路《はこねじ》へ

（神奈川県《かながわけん》・鷹《たか》ノ巣山《すやま》　834m、
浅間山《せんげんやま》　802.2m、湯坂山《ゆさかやま》　547m）

雪解《ゆきど》けの　千条ノ滝《ちすじのたき》は　白《しろ》き湯気《ゆげ》　立《た》ち昇《のぼ》らせて　我《われ》らを招《まね》く

ヨガをして　体《からだ》をほぐし　いざ山《やま》へ　千条ノ滝《ちすじのたき》の　イオンを浴《あ》びて

真《ま》っ白《しろ》き　雪《ゆき》の深山《みやま》に　輝《かがや》いて　アオキ赤《あか》い実《み》　心《こころ》に灯《とも》る

ザクザクと　雪踏《ゆきふ》みしめて　登《のぼ》る道《みち》　地図《ちず》を片手《かたて》に　今《いま》はどこかな

ヒメシャラは　マーブル模様《もよう》　おしゃれな樹《き》　触《さわ》ってみれば　ひんやりクール
木《き》の根《ね》っこ　コロボックルの　すみかかな　今《いま》はお出《で》かけ　お留守《るす》なのです
山道《やまみち》に　ころころコロリ　ひのきの実《み》　山《やま》の小人《こびと》の　サッカーボール
杉木立《すぎこだち》　真《ま》っすぐ伸《の》びた　線《せん》たどり　天《てん》を仰《あお》げば　光《ひかり》が踊《おど》る

通《とお》り道《みち》　不思議《ふしぎ》切《き》り株《かぶ》　かたつむり　ゆっくり急《いそ》げと　道案内《みちあんない》

頑張《がんば》れと　まるで応援《おうえん》してるよな　雪上《せつじょう》のV《ブイ》　カモシカかもね

鷹ノ巣《たかのす》*の　山《やま》より見《み》えし　海《うみ》の色《いろ》　北条《ほうじょう》の城《しろ》なき今《いま》も藍《あい》

*鷹ノ巣城。豊臣秀吉の小田原城攻めに備えて、後北条氏が建築した箱根山の諸城のひとつ。

下《くだ》り道《みち》　今日《きょう》は雪山訓練《ゆきやまくんれん》だ　アイゼンはいて　ストック持《も》って

昼《ひる》ごはん　浅間山《せんげんやま》＊の　頂上《ちょうじょう》は　雪《ゆき》のじゅうたん　足《あし》を伸《の》ばして

＊江戸時代浅間神社を祭るようになったことからこの名が付いた。

ありがとう　ミルクココアは　心《こころ》まで　ホットぬくもる　やさしいお味《あじ》

冬越《ふゆご》えの　枝紅《えだくれない》に　染《そ》めあげて　命輝《いのちかがや》く　春告《はるつ》げながら

湯坂路《ゆさかじ》＊の　石畳《いしだたみ》をば　まったりと　歩《ある》くつもりが　超特急《ちょうとっきゅう》！

＊別名鎌倉古道。

第十章

# 三月・早春《そうしゅん》の奥《おく》久《く》慈《じ》男体山《なんたいさん》へ

（茨城《いばらき》県《けん》・653.8m）

田園《でんえん》の　朝《あさ》ゆっくりと　目覚《めざ》め行《ゆ》く　音《おと》と景色《けしき》と　溶《と》け合《あ》いながら

春《はる》の日《ひ》は　少《すこ》しまぶしく　咲《さ》き初《そ》めし　梅《うめ》ほんのりと　はにかんで見《み》え

空《そら》は青《あお》　菜《な》の花《はな》きいろ　山《やま》はまだ　色《いろ》をひそめて　早春《そうしゅん》の朝《あさ》

ようこそと　我《われ》らを招《まね》き　厳《おごそ》かに　水《みず》の音《ね》響《ひび》く　白滝《しらたき》の舞《まい》

朝《あさ》はまだ　少《すこ》し寒《さむ》くて　歩《ある》く度《たび》　ザクザクと音立《おとた》つ霜柱《しもばしら》
ねじれた樹《き》　山《やま》は自然《しぜん》の　美術館《びじゅつかん》　羊《ひつじ》の顔《かお》の　切《き》り株見《かぶみ》つけ
枝先《えださき》の　蕾《つぼみ》は音符《おんぷ》　うれしげに　春《はる》の目覚《めざ》めの　メロディ奏《かな》で
山桜《やまざくら》　花咲《はなさ》く時《とき》を　待《ま》っている　君《きみ》の願《ねが》いと　私《わたし》の夢《ゆめ》と

まんまるの　やどり木抱《ぎかか》え　立《た》っている　ケヤキ優《やさ》しく　母《はは》の面影《おもかげ》

切《き》り立《た》った　崖《がけ》の雄々《おお》しさ　修験道《しゅげんどう》　覗《のぞ》いてみれば　心揺《こころゆ》られて

春《はる》の空《そら》　遠《とお》くかすみて　見《み》えそうで　見《み》えない富士《ふじ》よ　いつかは君《きみ》へ

にぎわいの　頂上山《ちょうじょうやま》の　カフェテラス　ロールサンドと　紅茶《こうちゃ》でランチ

樹《き》はツタを　ひらりとまとい　岩《いわ》は苔《こけ》　ふわりとはおり　おしゃれを競《きそ》う
そこからは　どんな景色《けしき》が　見《み》えてるの　背高《せいたか》のっぽの　丈人松《じょうじんまつ》
笹《ささ》の葉《は》が　キラキラきらり　輝《かがや》いて　またおいでよと　ほほえみくれた
足下《あしもと》に　コバルトブルー　オオイヌノフグリ小《ちい》さな　春《はる》のほほえみ

# 第十一章

# 五月・ぽかぽか春《はる》の雪山《ゆきやま》へ

（福島県《ふくしまけん》・二岐山《ふたまたやま》〈女岳《めだけ》〉1504m）

青《あお》い空《そら》　白《しろ》い風車《ふうしゃ》が　回《まわ》る音《おと》　見《み》えない風《かぜ》が　通《とお》り過《す》ぎてく
音《おと》もなく　ひらりひらりと　素早《すばや》くて　忍者《にんじゃ》のごとき　君《きみ》どこへ行《い》く
ふきのとう　淡《あわ》くやさしい　春《はる》の色《いろ》　携《たずさ》えながら　確《たし》かな息吹《いぶき》
たどってく　君《きみ》の足跡《あしあと》　怖《こわ》がりの　私時々《わたしときどき》　ドキドキ一歩《いっぽ》

見上《みあ》げれば　真《ま》っ白《しろ》な雪《ゆき》　きらめいて　心《こころ》に踊《おど》る　光《ひかり》の音符《おんぷ》
振《ふ》り向《む》いて　ほほえみながら　雪山《ゆきやま》も　颯爽《さっそう》と行《い》く　君《きみ》まぶしくて
まんまるい　クッキーみたい　これなあに　手《て》に取《と》る我《われ》に　うさぎのフンさ
アイゼンを　はかせてもらい　雪山《ゆきやま》の　シンデレラかな　魔法《まほう》をかけて

あら不思議《ふしぎ》　春夏秋冬《しゅんかしゅうとう》　いっぺんに　やって来《き》たよな　雪山登山《ゆきやまとざん》

春《はる》の風《かぜ》　胸《むね》いっぱいに　吸《す》い込《こ》めば　解《と》き放《はな》たれて　心《こころ》あの山《やま》

いつもより　高《たか》い山頂《さんちょう》　V《ブイ》サイン　頂上《ちょうじょう》の印《いん》　まだ雪《ゆき》の下《した》

真《ま》っ白《しろ》な　冷《つめ》たい雪《ゆき》の　じゅうたんで　ランチ吹《ふ》く風《かぜ》　あたたかく春《はる》

君《きみ》が採《と》り　渡《わた》してくれた　ふきのとう　鍋《なべ》の中《なか》にも　春《はる》の風《かぜ》吹《ふ》く

この次《つぎ》の　登山《とざん》おにぎり　フキみそで　続《つづ》く楽《たの》しみ　春《はる》の思《おも》い出《で》

切《き》り傷《きず》も　青《あお》あざさえも　頑張《がんば》った　証《あかし》と思《おも》う　誇《ほこ》らしきかな

君《きみ》くれし　春《はる》の風景《ふうけい》　いつまでも　杉影《すぎかげ》に映《は》え　桜薄紅《さくらうすべに》

遠《とお》くから　*二岐山《ふたまたやま》を　見《み》る度《たび》に　心《こころ》うきうき　君《きみ》にありがと

*うつくしま百名山のひとつ。男岳（１５４４・３ｍ）女岳（１５０４ｍ）の双耳峰。

# 第十二章

## 八月・ナツ・なつ・夏《なつ》の探検《たんけん》へ

（福島県《ふくしまけん》・中山《なかやま》 856m、関山《せきさん》 619m、白河散策《しらかわさんさく》）

夏《なつ》だって　忘《わす》れるくらい　地中《ちちゅう》より　涼《すず》しさ運《はこ》ぶ　風穴《ふうけつ》*の山《やま》

＊中山。うつくしま百名山のひとつ。「風穴」から地下深くの冷気が吹き出し、高山植物が咲く。

夏山《なつやま》に　紅色《べにいろ》添《そ》えて　ヤナギラン*　ただそのままで　いいよって笑《わら》う

＊口絵写真6

白《しろ》い花《はな》　ポポポポポポと　広《ひろ》がって　背高《せいたか》のっぽのシシウド君《くん》

山間《やまあい》*に　電車《でんしゃ》の音《おと》と　セミの声《こえ》　ナツ・なつ・夏《なつ》の　メロディー響《ひび》く

＊口絵写真8

杉木立《すぎこだち》　赤《あか》い木肌《きはだ》に　涼《すず》しげに　きらり流《なが》るる　光《ひかり》のしずく
抱《かか》えてた　心《こころ》の重荷《おもに》　あふれ出《で》て　優《やさ》しい君《きみ》と　山《やま》の懐《ふところ》
手《て》を伸《の》ばし　大《おお》きく息《いき》を　吸《す》ってみる　大《おお》きな空《そら》と　小《ちい》さな私《わたし》
刻《きざ》まれた　三十三《さんじゅうさん》の観音《かんのん》に　手《て》を合《あ》わせれば　つゆ草《くさ》の青《あお》

さあ行《い》こうって気持《きも》ちになる　山清水《やましみず》　冷《つめ》たくて　でも不思議《ふしぎ》優《やさ》しく

風《かぜ》になり　緑《みどり》の中《なか》を歩《ある》いてる　ありがとうって　伝《つた》えたくって

ドクダミの　におい足元《あしもと》　十字架《じゅうじか》の　白《しろ》い花《はな》あり　忘《わす》れないでと

さりげなく　君《きみ》が差《さ》し出《だ》す　おにぎりと　さかなかま焼《やき》　しあわせの味《あじ》

登山者《とざんしゃ》は　みんな友《とも》だち　感動《かんどう》と　美味《おい》しいおやつ　分《わ》かち合《あ》いつつ

夏空《なつぞら》に　鐘《かね》の音《ね》響《ひび》く　涼《すず》しさを　携《たずさ》えて行《い》け　あのふもとまで

登《のぼ》り行《ゆ》く　龍《りゅう》が迎《むか》えし　みちのくの　樹木不思議《じゅもくふしぎ》な　*白河《しらかわ》の関《せき》

＊奥州三古関のひとつ。奈良時代から平安時代頃に機能していた。

いにしえに　賜《たまわ》りし園《その》　赤松《あかまつ》の　*南湖《なんこ》のほとり　野点静《のだてしず》かに

＊南湖公園　白河市にある日本最古の公園。１８０１年に白河藩主松平定信が「士民共楽」の理念のもと築造した。

石垣《いしがき》の　月《つき》や十字架《じゅうじか》　文様《もんよう》を　探《さが》しに行《い》こう　小峰城《こみねじょう》*まで

＊1340年に結城親朝が小峰ヶ岡に築城したのが始まり。戊辰戦争最大の激戦地。

乙女子《おとめご》*の　桜恋《さくらこい》しき　城跡《しろあと》は　君《きみ》が守《まも》りし　礎《いしずえ》かたし

＊乙女桜。お城の石垣が崩れないよう人柱となった少女を偲び植えられた桜の木。

# あとがき

私《わたし》の初《はじ》めての歌集《かしゅう》「山《やま》へ行《い》こう」を読《よ》んでくださり、ありがとうございました。

さて、みなさんは、「アルプスの少女《しょうじょ》ハイジ」の物語《ものがたり》はご存知《ぞんじ》ですか？

生《い》きていると、時《とき》には思《おも》いもかけないような出来事《できごと》に驚《おどろ》いたり、傷《きず》ついたりすることもありますよね。

ハイジもそうだったのでした。

そんな中《なか》、山《やま》や自然《しぜん》と触《ふ》れ合《あ》うことで、感動《かんどう》を覚《おぼ》え、元気《げんき》を取《と》り戻《もど》して行《い》ったのです。

山《やま》に登《のぼ》るようになって、私自身《わたしじしん》、自分《じぶん》の中《なか》にいるハイジに気《き》づきました。

「言葉《ことば》は大事《だいじ》に使《つか》えば、世界中《せかいじゅう》の人《ひと》がお友達《ともだち》」

心《こころ》からそう思《おも》って、私《わたし》は国語《こくご》や英語《えいご》の勉強《べんきょう》が好《す》きになりました。

学生時代《がくせいじだい》はESSに所属《しょぞく》し、英語劇《えいごげき》で「アルプスの少女《しょうじょ》ハイジ」を演《えん》じました。

もっとさかのぼると、幼稚園《ようちえん》の時《とき》は「やま」の組《くみ》でした。

そして今《いま》では、山《やま》ガールです。


ずっと、つながっている私《わたし》の人生《じんせい》。


2016年《ねん》から8月《がつ》11日《にち》が「山《やま》の日《ひ》」の祝日《しゅくじつ》になります。

「山《やま》に親《した》しむ機会《きかい》を得《え》て、山《やま》の恩恵《おんけい》に感謝《かんしゃ》する」ことを趣旨《しゅし》としているそうです。

「山《やま》の日《ひ》おめでとう！」なのです。


この地球《ちきゅう》には、まだまだ行《い》ったことのない素敵《すてき》な所《ところ》がたくさんあるんだろうなと思《おも》うと、わくわくします。

「しぃー……」

心《こころ》の耳《みみ》をすませて聞《き》いてみて。

ほら、山《やま》が呼《よ》んでいますよ。

さあ、おべんと持《も》って、おやつを持《も》って、出《で》かけましょう！

みんなが元気《げんき》に、笑顔《えがお》になってくれることが、ハイジの願《ねが》いです。

「想《おも》いは力《ちから》、願《ねが》いは光《ひかり》☆」

２０１５年春《ねんはる》

みちのくより愛《あい》を込《こ》めて

ふくしまの少女《しょうじょ》ハイジ

田村《たむら》まちこ

**著者プロフィール**
**田村 まちこ**（たむら まちこ）
短歌：田村真智子（ハイジ）
福島県白河市在住
桜の聖母短期大学英語学科卒業
「宗祇白河紀行連句賞」に毎年投句

写真：和田昭雄（ペーター）
埼玉県坂戸市在住
福島県白河市出身
城西大学理学部卒業

**地球讃歌集 山へ行こう** ～山ガール歌を詠む～

2015年12月15日 初版第1刷発行

著 者 田村 まちこ
発行者 瓜谷 綱延
発行所 株式会社文芸社
〒160-0022 東京都新宿区新宿1－10－1
電話 03-5369-3060（編集）
03-5369-2299（販売）

印刷所 株式会社フクイン


ISBN978-4-286-16829-6